The Student Lovers

PALI LANGUAGE TEXTS: CHINESE

Social Sciences and Linguistics Institute
University of Hawaii

John DeFrancis
Editor

The Student Lovers

KRISTINA LINDELL

University of Hawaii Press
Honolulu

Contents

Preface

This is a retelling of a famous story, said to have been based on fact, about two student lovers, Liáng Shānbó and Zhù Yīngtái. The story first appeared in print in the Tang Dynasty (618-907). It has since achieved enormous popularity and has been retold in many forms.

The present adaptation is written in very simple language using only the 400 characters introduced in my *Beginning Chinese Reader* (New Haven: Yale University Press, 1963), plus another 43 new characters that are especially needed to tell the story. The aim in retelling the story within these narrow confines is to provide some supplementary reading for students who have completed the 48 lessons of the *Reader*. As an aid to easy reading, all occurrences of new characters are accompanied by their transcription.

In view of the increasing emphasis on the use of simplified characters, these forms are used throughout the story for both old and new characters. All the simplified forms used in the text are presented together with their regular variants in the Stroke Index of Characters. In addition, the new characters appear in both their simplified and regular forms (the latter in parentheses) in the Notes and in the Pinyin Index.

The Notes present in sequential order the carefully limited number of new characters, terms, and structures, together with occasional translations of more difficult phrases. The Stroke Index of Characters lists all the new characters and simplified characters that occur in the story. Finally the Pinyin Index provides a cumulative glossary of all these items.

This volume is the last in a series of five supplementary readers to accompany *Beginning Chinese Reader*. The first is to be read after lesson 30, the second after lesson 36, the third after lesson 42, and the last two after lesson 48. The stories can, of course, be read by students who are learning Chinese from other beginning reading texts.

The present story was written by Miss Kristina Lindell for the benefit of her first year students in Copenhagen, who wanted something to read, "just a story to read for fun." Her version of the story was read and commented upon by her colleagues Dr. Tang Ming and Mrs. Chi-yun Eskelund at the University of Copenhagen, and was read and slightly revised by Mrs. Yung Teng Chia-yee and Professor Li Ying-che at the University of Hawaii.

John DeFrancis

梁山伯跟祝英台

从前有一个女孩子，姓祝名叫英台。除了她以外祝家没有别的孩子。因为她没有姐妹所以她常常一个人在院子里，可是她最喜欢跟父亲母亲在一块儿谈天。

因为祝先生没有儿子所以他特别关心他的女儿。从很小的时候起英台就常常坐在她父亲的房子里看画儿，或者看她父亲写字。有时候她跟她父亲说："请问这个字是甚么意思？"祝先生很和气的把字的意思告

5

10

1

诉她·英台还不到五岁，就已经
认识很多字，也会写几个字了·

　　祝先生发现了他的女儿认
识字，他高兴的不得了·他跟
祝太太说："英台已经认识字，　5
我想从明天开始，要真正的教
她看书写字·"

　　祝家平平安安的过日子，
英台每天很用功的学习·时间
过的很快，不知不觉的英台已　10
经十六岁了·她长的很好看，
可以说她实在是一个美女·人
也特别好，她对父母很好，对
用人也很和气·

　　说到学问常识，她跟她父　15
亲祝先生差不多一样好·比方

说四书她很早就看完了，作诗

也没有问题．她的学问真是不

错．英台过生日的时候跟她父

亲说："我现在十六岁了，已经

长大了，对文学很有兴趣，很 5

想到杭州去念书."父亲生气的

说："别提了！你年纪那么小，

怎么可以出门？我从来没听说

过有这么一回事，算了吧！"

　　英台的口才本来不错，可 10

是那时候她连一句话也没说．

　　以后她常跟她母亲说她为

甚么想到杭州去．开始的时候

祝太太好像不注意，但是慢慢

儿的她母亲觉得英台说的话有 15

道理．她说："孩子，你真是一

个好孩子。"我跟你父亲说说，或者他能同意。"

从这时候祝太太常常跟祝先生提到这个问题，请他拿主意。

有一天祝先生叫英台来谈话，因为他很喜欢他的女儿，他问他的女儿说："你还是想到杭州去吗？"英台说："如果你还不让我去，我也不想再活下去了。"父亲说："你一定要去，我就让你去，可是我有几个条件，如果你能听我的话，你才可以去。"

英台高高兴兴的说："我当然听父亲的话，您有甚么条件

呢？"

　　父亲说："你不能一个人出去，你要是出门儿，你得带你的丫头去。"

　　"好极了．我们两个是最要 5
好，她好像是我的妹妹一样。"

　　"两个女孩子去出门儿不太好，你们得穿上男生的衣服，从离开家起，不能跟别人说你们是女的。" 10

　　"这很有意思，说实在的，这是没有问题的。"

　　"还有，如果我给你写信叫你回来，你得马上就回家来。"

　　想不到父亲让她去了，英 15
台跟她的丫头高兴的不得了．

没过几天，她们要走，祝先生祝
太太就跟她们说："一路平安！"

她们一边走路一边谈话，
夜晚在旅馆里吃饭睡觉。

有一天她们走到半路的时 5
候，看见路旁有一个树林子，
她们走进了树林子刚坐下的时
候，有一个姓梁名叫山伯的男
生跟他的用人走过来了。看见
了英台跟她的丫头了，他就问 10
英台："我可以不可以在这儿坐
下跟你谈一谈？"英台差一点儿
要生气，可是她想起来了自己
也是「男人」。那个男生，没有想
到英台是个女人，只以为她们 15
都是男学生。

英台说："不要客气，请坐，请坐。"他们问过了姓名以后，山伯告诉英台说，他是到杭州去念书的。英台觉得很奇怪，就问他说："真的吗？我也是到杭州去念书的。"山伯说："那么我们可以一块儿去了。"四个人一块儿走路，一定不会寂寞。"

英台说："可不是吗！"

走路的时候，他们谈到了不少问题。山伯跟英台主要谈的都是文化跟文学的问题。他们把自己的看法都说出来了。他们也常常注意听当地老百姓说话的口音，研究他们的土话。这样一面说着话一面走着路，

他们两个人不知不觉的就做了
很好的朋友．

　　到了杭州(Hángzhōu)以后，他们马上
开始学习．他们在一块儿上学，
在一块儿看书，在一块儿考试． 5
有时候英台(tái)考第一，有时候山
伯(bó)考第一，可见他们两个人天
才都是一样好，也都一样的用
功．表面上他们只是同学，可
是英台(tái)觉得山伯(bó)可爱(ài)．因为他 10
不但学问最好，而且他这个人
也特别好．如果英台(tái)有甚么困(kùn)
难，山伯(bó)就帮(bāng)她(tā)的忙．英台(tái)对
山伯(bó)也一样好．有一天山伯(bó)对
英台(tái)说：＂你的岁数比我小，从 15
现在起，我想把你当做我的小

弟弟，看做是我家里的人一样，
好不好？"

　　英台说："当然很好，我高
兴极了。"可是她心里想："我怎
么能做你的弟弟！"　　　　　　5

　　时间过的很快，三年已经
过去了，英台跟山伯一点儿也
不想家，英台觉得山伯越来越
让人喜欢。有一天晚上，他们
刚作完了一首诗的时候，听见 10
有人叫门。山伯说："是谁啊？"
叫门的说："是我。"山伯开开了
门，让叫门的进来了。这个人
带来了祝先生给英台写的信。
英台马上就看父亲写的信，看 15
完了以后跟山伯说："哥哥，我

得回家去，因为我父亲叫我马上回去，我现在就得走！"

山伯(bó)听了以后虽然心里很难过，可是也没有甚么法子，他只好跟英台(tái)一块儿出城了。

英台(tái)跟她(tā)家里的人已经想也该三年不见面了，她自己回家去看看她(tā)的父母去。

他们在一块儿走的时候，英台(tái)心里想："我跟父亲说过，我一定不会告诉别人说自己原来是女人，但是现在我得快想知道我是很爱(ài)他的。"可是山伯(bó)想来容易说来难。

她想了很久，甚么好法子

都想不出来．

　　一会儿他们路过一个水池
子，看见池里有很多鱼，有的
鱼常常是两条在一块儿过来过
去．英台说："哥哥，你看，那　5
两条鱼常在一起，不然，他们
就会不高兴了！"可是山伯没明
白她的意思．那一带有不少水
池、河跟小湖．过了一会儿他
们路过了一个湖，湖边上有几　10
条水牛，湖的后面有山跟树林
子，这儿山水最美，所以山伯
说："让我们坐下来吃点儿点心
好不好？"他们就坐下了，可是
英台很难过，一点儿也吃不下　15
点心．这个时候有两个鸳鸯飞

来了，他们一起在湖上来来去
去。"弟弟，看。"山伯(bó)说。"那两
个鸳(yuān)鸯(yang)真好看，是不是？"英台(tái)
说："他们每天都在一起，好像
结过婚的人一样。"山伯(bó)说："可 5
不是吗！"但是他还是不明白英
台(tái)的意思。英台(tái)想："我怎么说
他也不懂，我们快要分开了，
可是我怎么也想不出好法子来
说明我爱(ài)他。" 10

　　山伯(bó)看见英台(tái)很难过的样
子，就对她(tā)说："弟弟，有甚么
心事吗？"英台(tái)想："弟弟，弟弟，
还是那个弟弟！"心里想："得想
法子----对！我用这个法子试试 15
看他怎么样。"就对山伯(bó)说："我

没甚么心事，我是在想你的事
呢．请问，你定婚了没有?"

"没有"

"那么，我家里有一个还没
有定婚的妹妹，我很希望你跟 5
她结婚，你觉得怎么样?"

"你的妹妹长的怎么样?"

"除了她是女人以外，我们
两个人长的一样．"

"好极了，希望以后，我跟 10
她可以有时间见面."

现在他们到了初次见面的
那个小树林子，快要分开的时
候，英台得意的说:"一年以内
哥哥得到我家里来，让我把你 15
介绍给我父母，以后就可以说

到开八字，定婚."

"我们就这样说定了．现在虽然要分开了，我也不那么难过了."

"可不是吗．哥哥(gēge)再见！一 5 年以内我们再见！"

"一路平安！跟家人问好．再见，我的好弟弟，再见！"

英台(tái)到家的时候，父母很欢迎她(ta)，她(ta)对父母谈了在学校 10 学习的经过，可是她(ta)没有提到梁(liáng)山伯(bó)，因为在那个时代的社会里一个女人是不可以自己找男人定婚的，如果让别人知道了自己找男人定婚，那么家里 15 的人都没有面子．因为这个原

故她只能跟丫头谈谈这件事.

　　一年差不多过去了,可是山伯还没有来,英台越来越难过.她心里想:"他为甚么还没有来呢!是生病了吗?还是出 5
甚么意外的事了呢?"

　　有一天祝先生叫她来,她看父亲的样子好像得意的不得了.她父亲高高兴兴的说:"昨天晚上有一个代表马家的老人 10
家到这儿拜会我来了.他告诉我说马先生的大儿子现在想结婚,我的意思是很想马家大儿子跟我的女儿定婚."英台没说话,只听她父亲说下去."关於 15
马家,他们很有面子又有钱.

大家都说他们跟省长有来往．
如果你跟马家大儿子定婚有多
么好！"

英台(tái)听了父亲说的话，觉
得很没意思．不论怎么样，她(tā)也
不想跟马家那个大儿子定婚．
等到父亲都说完了，英台(tái)很认
真的说："我都明白了，如果我
跟马家的儿子结婚，我家的社
会地位会提高，可是我不想跟
他结婚！"

祝(zhù)先生看了看她(tā)，好像还
没听懂，生气的说："对於这件
事我已经亲口跟人定了开八字
的日子了．你这个东西！我是
家长，你就得听我的！"

因为英台很想念山伯，所
以她心里很难过，她常跟她母
亲谈心，说明她爱她的同学山
伯。祝太太很关心英台，所以 5
她常找机会说和。可是祝先生
不想听她的话，他说："我是当
家长的，只有我一个人可以对
这件事拿主意。"祝太太说："难
道你不爱你的女儿吗？"祝先生
说："难道她不听我的话吗？都 10
是你让她出门发生的。她认为
她念过书，就可以自己拿主意
了吗？一个女孩子自己定婚太
不好看了，从来没听说过这样
的事，最好你不要再提了！" 15
有一天，祝先生、祝太太

两个人拜访亲人去了，只有英
台(tái)跟丫(yā)头在家。正在这个时候
有一个人叫门，丫(yā)头就说："是
谁？"叫门的说："是我，我是梁(liáng)
山伯(bó)。"丫(yā)头很高兴的把门开开 5
了，让他进来，跟他说："我们
很欢迎你来！请坐一坐，我去
告诉小姐，不，告诉英台(tái)您(nín)的
弟弟，告诉他----他----告诉----"她(tā)
真不知道怎么说才好。话还没 10
说完，就找英台(tái)去了。见了英
台(tái)以后，她(tā)跟英台(tái)说："梁(liáng)先生
来了！"英台(tái)说："怎么办(bàn)？快点
儿！我的男生衣服(yīfu)在哪儿？我
得穿(chuān)男生衣服(yīfu)！"丫(yā)头说："为甚 15
么？现在你应该告诉他你原来

是女的。"

　　英台穿上了女人的衣服就
去欢迎山伯。山伯看见英台出
来了，可是他已经不认识他的
同学了。他就站起来很客气的 5
说："您好，小姐！您哥哥英台在
家不在家？"英台说："我没有哥
哥，我就是英台。"山伯一听他
的话，马上就明白了。他的"弟
弟"原来一直是个女孩子。山伯 10
一看英台原来是个很美的女孩
子，他就觉得英台太可爱了。
　　英台请山伯进去，坐了一
会儿，又喝点儿酒。在喝酒的
时候山伯说："你是不是有甚么 15
心事？"英台说："我父亲已经跟

马家说定了，要我跟马家大儿子结婚。"

山伯一听很难过，因为他刚找到了英台，他们就得马上分开。他心里头很难过，可是他们两个人也想不出甚么好法子来。他只有对英台说："再见吧！"他就走了。他到家以后就生病了。又咳嗽又吐血。

英台听说山伯病了，每天想念她的好朋友："他现在好了吗？他一定很想我吧！"英台没法子知道这些问题。

可是不到一个月以后山伯的用人来找英台，用人很难过的说："梁山伯死了。"

虽然英台(tái)已经不想再活下去了，可是她(tā)也没有法子，几个月以后还要她到马(tā)家去结婚。

到了结婚的那天，英台(tái)跟父母说："这对我本来不是甚么喜事，今天我得穿(chuān)红衣服(yīfu)，可是我心里一直就想梁山伯(liáng bó)，所以到马家去以前，我要到他的坟(fén)上去跟山伯(bó)说一声"再见"以后，才能跟马家大儿子去结婚呢！"

轿子(jiāo)到了的时候，英台(tái)看了看她穿着(tā chuān)的红衣服(yīfu)。她(tā)想，到坟地(fén)去得穿(chuān)白衣服(yīfu)，所以她(tā)在红衣服(yīfu)外面又穿(chuān)了一件白的才上轿子(jiāo)。到了坟地(fén)她(tā)下了轿(jiāo)

子，很久才找到了山伯的坟．她
看到了坟，她就哭着说："山伯！
是我，英台来拜望你……"她刚
说到这儿，只听得轰的一声坟
墓就开了．英台站在坟墓前，　5
不一会儿，又轰的一声以后坟
墓就关上了．

　　英台不见了，可是从坟墓
上边儿飞来了两个很好看的蝴
蝶，一个是白的，一个是黑的．10
他们飞来飞去，永远也不分开．

NOTES

(Numbers before periods refer to pages;
after periods, to lines.)

1.1 梁　liáng　ridgepole; (a surname)

伯　bó　father's elder brother

祝　zhù　wish (someone well); (a surname)

台　tái　terrace; Taiwan (short form)

.3 她　tā　she, her

.4 姐妹　jiěmèi　older and younger sisters

3.8 平平安安的　píngpíngānānde　very peacefully

5.1 诗(詩)　shī　poem, poetry

.6 杭　háng　Hangchow (short form)

州　zhōu　sub-prefecture

杭州　Hángzhou　Hangchow

7.15 高高兴兴的　gāogāoxìngxìngde　very happily

.16 您　nín　polite form for "you"

45

9.4 丫 yā fork, crotch

丫头 yātou maid-servant, female attendant

.8 穿 chuān put on, wear (clothes, shoes)

穿上 chuānshang put on, wear

衣 yī clothes

服 fú garment

衣服 yīfu clothes, clothing, dress

11.4 夜 yè evening, night

夜晚 yèwǎn at night

睡 shuì to sleep

觉(覺) jiào sleep

睡觉 shuìjiào to sleep (VO)

.6 树(樹) shù tree

林 lín woods

树林子 shùlínzi forest, grove

13.8 寂 jì quiet, still, silent, lonely

寞　mò　quiet

寂寞　jìmo　lonesome

15.10 爱 (愛)　ài　love, like

可爱　kěài　loveable; lovely, cute; amiable

.12 困　kùn　distress; be hemmed in

困难　kùnnan　difficulty; difficult

.13 帮 (幫)　bāng　help

帮她的忙　bāng tāde máng　help her (matter or business)

17.1 看做　kànzuò　consider as

.10 首　shǒu　measure for poetry

.16 哥　gē　older brother

哥哥　gēge　older brother

19.13 好　hǎo　in order to

21.2 池　chí　pond

水池子　shuǐchí(zi)　pond

.16 鸳 (鴛)　yuān　drake of mandarin duck

鸯(鴦) yāng　hen of mandarin duck

鸳鸯 yuānyang　mandarin ducks (symbol of happy marriage)

25.2 定婚 dìng hūn　become engaged (VO)

31.2 多么好 duōma hǎo!　How good that would be!

.15 你这个东西 Nǐ zhèige dōngxi　You (awful) thing!

33.1 想念 xiǎngniàn　to think of with affection, to miss

35.8 您 nín　polite form for "you"

.13 办(辦) bàn　manage, do, handle, deal with

37.14 喝 hē　to drink

酒 jiǔ　wine, liquor

39.7 只有 zhǐ yǒu　can only, must

.9 咳 ké　to cough

嗽 sòu　to cough

咳嗽 késou　to cough

吐 tǔ　to spit

血 xiě　blood

.16 死　sǐ　die

41.6 穿红衣服　chuān hóng yīfu　wear red (bridal) clothes

.9 说一声再见　shuō yìshēng "zàijiàn"　say a "goodbye"

.12 轿 (轎) jiǎo　sedan chair

轿子　jiǎozi　sedan chair

.14 坟 (墳) fén　grave, tomb

坟地　féndì　cemetery

穿白衣服　chuān bái yīfu　wear white (mourning) clothes

43.2 哭　kū　cry, sob

.4 轰 (轟) hōng　to rumble

轰的一声　hōngde yìshēng　a rumbling noise

墓　mù　tomb

坟墓　fénmù　funeral mound

43.6 不一会儿　bù yìhuěr　after a while, not more than a little while later

.9 蝴　hú　butterfly

.10 蝶　dié　butterfly

蝴蝶　húdié　　butterfly

.11 永　yǒng　　eternal

永远　yǒngyuǎn　　forever

永远也不　yǒngyuǎn yě bù　　never

STROKE INDEX OF CHARACTERS

(Simplified characters in first column, regular in second)

2			为	為	wéi	让	讓	ràng
儿	兒	ér	认	認	rèn	们	們	men
几	幾	jǐ	气	氣	qì	发	發	fā
3			开	開	kāi	**6**		
丫		yā	书	書	shū	衣		yī
个	個	gè	见	見	jiàn	池		chí
么	麼	mo	办	辦	bàn	吐		tǔ
习	習	xí	**5**			血		xiě
门	門	mén	台		tái	死		sǐ
马	馬	mǎ	永		yǒng	她		tā
易	易	yì	写	寫	xiě	州		zhōu
飞	飛	fēi	长	長	cháng zhǎng	欢	歡	huān
4			对	對	duì	边	邊	biān
从	從	cóng	头	頭	tóu	关	關	guān

51

话 話 huà

绍 紹 shào

该 該 gāi

轰 轟 hōng

极 極 jí

9

信 xìn

祝 zhǔ

穿 chuān

首 shǒu

咳 ké

亲 親 qīn

说 說 shuō

觉 覺 jué

带 帶 dài

给 給 gěi

树 樹 shù

帮 幫 bāng

点 點 diǎn

虽 雖 suí

鸳 鴛 yuān

鸯 鴦 yáng

结 結 jié

10

钱 錢 qián

谈 談 tán

请 請 qǐng

能 néng

样 樣 yàng

爱 愛 ài

难 難 nán

谁 誰 shéi

轿 轎 jiào

梁 liáng

哥 gē

酒 jiǔ

哭 kū

11

寂 jì

您 nán

离 離 lí

馆 館 guǎn

12

喝 hē

13

数 數 shǔ

14

睡 shuì

窴 jī

嗽 sòu

墓 mù

15

蝴 hú

蝶 dié

題 題 tí

ài 爱（愛）love, like 15.10

bàn 办（辨）manage, do 35.13

bāng 帮（幫）help 15.13

bāng tāde máng 帮 他 的 忙 help her (matter or

business) 15.13

bó 伯 father's elder brother 1.1

bù yìhuěr 不 一 会 儿 after a little while, not more

than a little while later 43.6

chí 池 pond 21.2

chuān 穿 put on, wear (clothes, shoes) 9.8

chuān bái yīfu 穿 白 衣 服 wear white (mourning)

clothes 41.14

chuān hóng yīfu 穿 红 衣 服 wear red (bridal)

clothes 41.6

chuānshang 穿上 put on, wear 9.8

dié 蝶 butterfly 43.10

dìng hūn 定婚 become engaged (VO) 25.2

duōma hǎo! 多么好 How good that would be!

fén 坟(墳) grave, tomb 41.9

féndì 坟地 cemetery 41.14

fénmù 坟墓 funeral mound 43.4

fú 服 garment 9.8

gāogāoxìngxìngde 高高兴兴的 very happily 7.15

gē 哥 older brother 17.16

gēge 哥哥 older brother 17.16

háng 杭 Hangchow (short form) 5.6

Hángzhou 杭州 Hangchow 5.6

hǎo 好 in order to 19.13

hē 喝 to drink 37.14

hōng 轰(轟) to rumble 43.4

hōngde yìshēng 轰 的 一 声 a rumbling noise 43.4

hú 蝴 butterfly 43.9

húdié 蝴 蝶 butterfly 43.9

jì 寂 quiet, still, silent, lonely 13.8

jiào 轿(轎) sedan chair 41.12

jiào 觉(覺) sleep 11.4

jiàozi 轿 子 sedan chair 21.12

jiěmèi 姐 妹 older and younger sisters 1.4

jìmo 寂 寞 lonesome 13.8

jiǔ 酒 wine, liquor 37.14

kànzuò 看 做 consider as 17.1

ké 咳 to cough 39.9

kěài 可 爱 loveable; lovely, cute; amiable 15.10

késou 咳 嗽 to cough 39.9

kū 哭 cry, sob 43.2

kùn 困 distress; be hemmed in 15.12

kùnnan 困难 difficulty 15.12

liáng 梁 ridgepole; (a surname) 1.1

lín 林 woods 11.6

mò 寞 quiet 13.8

mù 墓 tomb 43.5

nín 您 polite form for "you" 7.16

Nǐ zhèige dōngxi 你这个东西 You (awful)

      thing! 16.15

píngpingānānde 平平安安的 very peacefully 3.8

shī 诗 (詩) poem, poetry 5.1

shǒu 首 measure for poetry 17.10

shù 树 (樹) tree 11.6

shuì 睡 to sleep 11.4

shuǐchí(zi) 水池 (子) pond 21.2

shuìjiào 睡觉 to sleep (VO) 6.4

shùlínzi 树林子 forest, grove

shuō yìshēng "zàijiàn" 说 一 声 再 见 say a

"goodbye" 41.9

sǐ 死 die 39.16

sòu 嗽 to cough 39.9

tā 她 she, her 1.3

tái 台 terrace; Taiwan (short form) 1.1

tǔ 吐 to spit 39.9

xiǎngniàn 想 念 to think of with affection, to miss 33.1

xiě 血 blood 39.9

yā 丫 fork, crotch 9.4

yāng 鸯 (鴦) hen of mandarin duck 21.16

yātou 丫头 maid-servant, female attendant 9.4

yè 夜 evening, night 11.4

yèwǎn 夜晚 at night 11.4

yī 衣 clothes 9.8

yīfu 衣服 clothes, clothing, dress 9.8

yǒng　永　eternal　43. 11

yǒngyuǎn　永远　forever　22. 11

yǒngyuǎn yě bù　永远也不　never　43. 11

yuān　鸳(鴛)　drake of mandarin duck　21. 16

yuānyang　鸳鸯　mandarin ducks (symbol of happy

marriage)　21. 16

zhǐ yǒu　只有　can only, must　39. 7

zhōu　州　sub-prefecture　5. 6

zhù　祝　wish (someone well); (a surname)　1. 1